Das Abenteuer mit My Blanky "Mylar"

Die Geschichte über einen kleinen Jungen vom Lande und über eine magische Reise mit seinen Freunden und der Decke Blanky

Peter G. Vu

Published by:
AEGA Design Publishing Ltd
Kemp House, 160 City Road, London, EC1V 2NX, UK
www.aegadesign.com

ISBN: 978-1-8383499-0-5

2

Einführung

Zu dieser Geschichte inspiriert haben mich die Nachrichten über Kinder, die durch unsere neue Immigrationspolitik von ihren Eltern getrennt wurden. Sie müssen große Angst haben und traurig darüber sein, dass sie von ihren Familien getrennt und an geheimen Orten in ganz Nordamerika untergebracht werden. Sie kennen weder die Sprache noch die Kultur oder irgendjemanden in dem fremden Land, der ihnen das Gefühl gibt sicher zu sein und Frieden zu finden. Nach unserem Kenntnisstand gibt es nur ein einziges kleines Mädchen, das sich an die Telefonnummer seiner Tante in den USA erinnert - ein Trost und die Hoffnung darauf, dass es wieder mit seiner Familie vereint wird. Das Schicksal der restlichen Kinder, über die die barbarische Immigrationspolitik herein brach, hängt von der Gnade der nordamerikanischen Regierung ab. Es bleibt ungewiss, ob sie wieder zurück zu ihren Familien finden.

Diese unglücklichen Begebenheiten berühren mich auch persönlich. Vor 30 Jahren habe ich als Opfer des Vietnamkrieges Asyl beantragt, nachdem ich in einem Boot aus dem kommunistischen Land geflüchtet war. Dabei war ich vielen Gefahren ausgesetzt wie Inhaftierung, Hunger, Durst, dem Ozean, Haien, Piraten, Kannibalismus usw. Glücklicherweise wurde ich gerettet und in ein Flüchtlingslager in Singapur gebracht. Allerdings war ich, gerade mal 15 Jahre alt, minderjährig und ohne die Begleitung eines Erwachsenen. In dem Lager wurde ich in einem Waisenhaus einquartiert. Ich erinnere mich noch genau daran, wie ich mich fühlte, als man mich dorthin brachte. Ich war ängstlich, traurig, einsam, verloren und wusste nicht, wie es mit mir weitergehen würde. Ich beherrschte die Sprache nicht und kannte niemanden in Singapur, den ich kontaktieren und so Trost finden konnte. Ich dachte, ich würde meine Familie nie wieder sehen. Ich legte mein Schicksal einfach in Gottes Hände und hoffte auf das Beste. Zum Glück fand ich die Adresse meines Vaters heraus, der bereits in den USA lebte. Nach zwei Wochen, in denen ich ihm Briefe schrieb, schaffte ich es, ihn zu erreichen. Er kümmerte sich um die Formalitäten und unterstützte mich bei meiner Einreise in die USA.

Ich weiß aus Erfahrung genau, wie es den Kindern, die unter dem derzeitigen Immigrationschaos leiden, und ihren Familien geht. Ich war einer von ihnen. Doch hatte ich das Glück, mit meinem Vater vereint zu werden und eine Einreiseerlaubnis in die USA zu erhalten. Ich bete dafür, dass diese Geschichte unseren Kindern Frieden, Trost und Hoffnung bringt - egal in welcher Situation sie sich befinden. Außerdem möchte ich ihnen wichtige Werte nahelegen und sie dazu inspirieren, zusammen zu halten und sich gegen das Böse und die Gier auf der Welt zur Wehr zu setzen. Ich hoffe meine Geschichte hilft ihnen dabei, das Böse mit Gutem, Gehässigkeit mit Freundlichkeit und Gier mit Großzügigkeit zu bekämpfen. Denn sie sind das Licht und die Zukunft der Welt. Widmen möchte ich dieses Buch den armen und benachteiligten Kindern auf der ganzen Welt, vor allem denen, die 2018 unter dem Immigrationschaos an der südlichen Grenze der USA gelitten haben.

Fr. Peter G. Vu

Juan wurde in einem kleinen weit, weit entfernten Land geboren, das den Namen Belize trägt. Es liegt in der Nähe des Südpols. Er hat nie erfahren, was mit seinem Vater passiert ist. Aufgewachsen ist er auf dem Land bei seiner Mutter, wo alle immer freundlich, nett, warmherzig und großzügig sind.

An einem Weihnachtstag erhält er ein besonderes Geschenk von seiner Mutter. Sie verpackt es in glänzendem Geschenkpapier und legt es unter den Weihnachtsbaum. Im Gegensatz zu den anderen Geschenken, die er davor erhalten hat, sieht dieses größer aus. Jeden Tag geht er zum Weihnachtsbaum und sieht sich dieses seltsame Geschenk an. Er fragt sich, was wohl unter dem Papier stecken könnte... Doch sagt ihm seine Mutter, dass er bis zum Weihnachtsabend warten soll und es erst dann öffnen darf. Für ein kleines Kind wie Juan ist es nicht einfach, auf etwas zu warten, vor allem, wenn es um das Öffnen von Geschenken geht. Er kann den Weihnachtsabend kaum abwarten, um endlich zu erfahren, was sich hinter der hübschen Schleife und dem Geschenkpapier verbirgt.

Als der Weihnachtstag kam, reicht Juans Mutter ihm das besondere Geschenk, das mehrere Wochen unter dem Weihnachtsbaum gelegen hat. Sie sagt: "Frohe Weihnachten, mein Sohn! Kümmere dich gut darum. Sie wird dich warm halten und dir viel Freude bereiten."

Juan antwortet: "ja, Mama. Das werde ich." Dann reißt er die hübsche Schleife und das Papier schnell in Stücke und öffnet das Geschenk, das tagelang auf ihn gewartet hat. Seine Augen und der Mund stehen weit offen, als er die schöne Steppdecke erblickt. Sie ist durch mehrere Stofffetzen verbunden. Sie haben verschiedene Formen und Farben.

Juan weiß nicht,
wie sie kombiniert
wurden. Doch auf
magische Art und
Weise hält sie ein
Faden zusammen
und sie bilden eine
weiche und bunte
Decke. Da seine Familie
arm ist, kann ihm
seine Mutter nicht die
beliebtesten Spielzeuge
oder die neuesten
elektronischen Geräte
kaufen, die die anderen
Kinder zu Weihnachten
bekommen. Sie muss
mehrere Monate damit verbracht
haben,die Materialien zu sammeln und sie
selbst zu vernähen. Dass ihm seine Mutter dieses
Geschenk gemacht hat, hält Juan für einen ganz besonderen
Anlass. Er drückt sie gegen seine Wange, sie fühlt sich weich und
schön an. Er hat sie lieb! Er rennt zu seiner Mutter, um sie fest zu
umarmen und sagt fröhlich: "danke Mama!" Sie erwidert: "gern
geschehen, mein Sohn."

In dieser Nacht schläft Juan mit seiner neuen Decke und
fühlt sich am nächsten Morgen quicklebending. Er
will sich nicht von ihr trennen und nimmt
sie immer mit, wenn er irgendwohin geht.
Er trägt sie ins Wohnzimmer und in die
Küche. Sogar am Frühstückstisch
bleibt sie an seiner Seite.

Der Weihnachtsmorgen kommt. Wie sonst immer zu Weihnachten, Ostern und an jedem Sonntag geht Juan mit seiner Mutter in die Kirche. Sie bemerkt, dass er seine neue Decke zum Auto bringt. Da sagt sie ihm fast, er soll sie doch im Haus lassen. Sie will ihn aber nicht aufregen und vor der Kirche einen Streit beginnen. Also erlaubt sie ihm, sie mit in die Kirche zu nehmen. Am Eingang der Kirche von unserer Jungfrau von Guadalupe steht an diesem Morgen der Pastor und begrüßt die Familie. Vater Jose sagt: "guten Morgen Maria und Juan! Frohe Weihnachten und willkommen!" Maria erwidert: "guten Morgen Vater! Frohe Weihnachten!" Dann kniet sich Vater Jose neben dem Jungen hin und fragt: "Juan, was hältst du da in deinen Händen?" Juan, der sich fester an seiner Mutter festhält, antwortet schüchtern: "meine Decke!" Seine Mutter springt ihm bei und sagt: "Vater, diese Decke habe ich ihm gerade zu Weihnachten geschenkt. Er mag sie gerne und nimmt sie immer mit." Vater Jose versucht, einen Witz zu reißen und fragt: "Juan, willst du sie verkaufen? Ich geb dir 100 Dollar dafür." Juan hält die Decke fest in den Händen und anwortet: "Nein!" Vater Jose gibt nicht so einfach auf. Er schlägt einen anderen Tausch vor und sagt: "okay, kleiner Juan. Ich mach dir ein anderes gutes Angebot. Wie wäre es mit einer großen Schachtel

Schokolade und du gibst mir dafür die Decke? Was hältst
du davon?" Juan lässt sich von dem neuen Angebot nicht
beeindrucken und erwidert bestimmt: "ne!" Da versteht Vater
Jose, dass Juan sein neues Weihnachtsgeschenk zu lieb hat und
dass kein Vorschlag der Welt ihn dazu bewegen kann, sich von ihm
zu trennen. Also gibt er auf und spricht Juan nicht mehr darauf an.

Auch andere Orte als die Kirche besucht Juan nur mit seiner Decke: sein Spielhaus den Garten, den Park, die Arztpraxis, das Einkaufszentrum, das Lebensmittelgeschäft, den Eisverkäufer vor Ort und selbst seinen Kindergarten. Manchmal versteckt er sich mit seiner Mutter und einer Taschenlampe unter der Decke und und sie liest ihm vor dem Schlafengehen seine Lieblingsgeschichten vor. Mit seiner Decke fühlt er sich sicher und beruhigt. Für alles, was er besitzt, hat er einen Spitznamen. Seine Regenjacke heißt "Poncho", seine Stiefel "Robo", seine Sandalen "Flop", sein Pyjama "Jami" und sein Kissen "Polo". Als er seine neue Decke bekommen hat, dachte er sich Namen für sie aus wie "Blank, Lanky, Franky, Spanky, Sparky…" Aber gefallen hat ihm keiner davon. Seine Mutter hat ihm erzählt, wie jeder, den man aus einem Feuer oder vor Wasser rettet, in eine dünne, silberne Decke gehüllt wird, um warm und trocken zu bleiben, die Mylar genannt wird. Juans Decke ist schön weich und lässt ihn sich sicher und stark fühlen. Sie sollte den Namen "Mylar" tragen. Juan gefällt dieser Spitzname für seine Decke. Er bindet sie sich um den Hals wie ein Cape, um kräftig auszusehen. Er trägt sie nicht mehr an seiner Seite, sondern wirft sie sich um wie Superman sein Cape. Seine Freunde im Kindergarten geben ihm den Kosenamen "Captain Mylar". Juans Decke soll viel mehr tun, als nur ihm Trost zu spenden. Er will jetzt seinem Namen gerecht werden und seinen Mitmenschen helfen.

Er versteht, wie hart seine Mutter jeden Tag arbeitet, um sich um ihn zu kümmern. Sie geht einer Arbeit nach und kommt dann nach Hause, damit sie für ihn kochen und putzen kann. Juan liebt seine Mutter und möchte ihr bei jeder Gelegenheit helfen.

Wenn er ihr hilft, zieht er sich immer Mylar über und rennt in die Küche. Oder er hebt Gegenstände vom Boden auf, wenn sie das Haus putzt. Maria sagt immer, um Juan dazu zu animieren, ihr zu helfen: "Wo ist mein Captain Mylar? Ich brauche Hilfe!" Dann zieht Juan sein Campe an und springt vor sie, während er ruft: "Hier kommt Captain Mylar! Zu Diensten!"

Das Herz von Captain Mylar ist groß und großzügig. Er will außer seiner Mutter auch anderen Menschen helfen. Wenn er mit seiner Mutter in der Kirche ist, bietet er seine Hilfe an. Besucht er die Schule, ist er der Erste, der sich freiwillig bei seinem Lehrer meldet. Streiten sich seine Klassenkameraden über etwas, schreitet Captain Mylar ein, um die Lage zu befrieden. Er erinnert sich daran, wie ihm seine Mutter beigebracht hat, zu anderen "nett zu sein und mit einem guten Beispiel voranzugehen." Als er einmal sah, wie ein großes Kind ein kleines mobbte und ihm dessen Spielzeug wegnehmen wollte, kam ihm Captain Mylar zu Hilfe und gab ihm sein Spielzeug zurück. Juans Gutherzigkeit und seine Vorbildfunktion machen ihn beliebt und bringen ihm schnell neue Freunde ein.

Er hört von einem fiesen, habgierigen, reichen Mann namens Mr. Rico, der nördlich von seiner Heimat lebt und viele Spielsachen

und Süßigkeiten hat, die er aber mit niemandem teilen möchte. Er beschließt, der Sache auf den Grund zu gehen und lädt zwei seiner neuen Freunde ein, Diego und Alana, ihn auf dem Abenteuer zu begleiten. Doch ist die Reise sehr lange - viele Kilometer und sie kennen den Weg zu ihrem Ziel nicht. Juan schlägt vor, seine Decke wie bei Aladdin als fliegenden Teppich einzusetzen, um in den Norden zu gelangen. Seit er sie bekommen hat, hat ihm die Decke viel gebracht. Deswegen nimmt er sie von seinen Schultern und breitet sie auf dem Boden aus. Die drei Freunde nehmen auf ihr Platz und schon bald fliegen sie durch die Luft. Juan zeigt nach Norden und die Decke schwebt sofort in diese Richtung. Sie fliegen über den großen blauen Ozean, weite Dschungellandschaften und eine Vielzahl hoher Berge. So nah sind sie den Wolken, dass sie mit den Händen nach ihnen greifen könnten. An ihnen ziehen viele Vögel vorbei, so nah, dass sie sie highfiven könnten. Sie müssen sich jedoch festhalten. Es ist nicht schwer, sich auszumalen, was mit ihnen geschieht, wenn sie von der Decke fallen würden. Nach einer langen Reise kommen sie endlich bei Rico an.

Er hat das größte Anwesen, das die drei jemals gesehen haben. Umgeben ist es von Stacheldraht und hohen Zäunen, die scheinbar weiter reichen, als man sehen kann. Es wird außerdem von Hunden und Männern mit Pistolen bewacht. Während sie auf dieser Seite des Zaunes warten, um die riesige Villa zu begutachten, hören sie auf der anderen Seite Menschen schreien und streiten. Ein großer Mann kommt aus dem Haus, brüllt um sich, zwingt die Leute so, das zu tun,

was er von ihnen verlangt. Sie müssen lange arbeiten, ohne sich ausruhen zu dürfen. Müde sehen sie aus und traurig. Aber niemand gibt ihnen etwas zu essen oder trinken. Die drei Freunde wollen nicht so enden wie diese Menschen. Allerdings wollen sie unbedingt wissen, was sich im Inneren der Villa befindet. Doch zuerst müssen sie es über den Zaun und durch das Tor schaffen. Das Einzige, was ihnen dabei helfen kann, ist Juans Mylar. Allein durch sie konnten die drei die vielen Kilometer überbrücken und sicher ankommen. Die Freunde hoffen darauf, dass die Decke die magische Macht hat, sie an den Wachen vorbei durch das Tor zu bringen. Sie wickeln sich in Blanky Mylar ein und gehen auf das Tor zu. Auf wundersame Art und Weise werden sie unsichtbar und schaffen es, von den Wachen ungesehen, durch das Tor.

Nur die Hunde wittern ihre Fährte und knurren in ihre Richtung. Die Wachen schöpfen Verdacht, können sie aber nicht sehen. Nachdem sie sich ein paar Minuten unter Blanky Mylar versteckt haben, erreichen die drei Freunde die andere Seite des Zaunes und befinden sich nun in einem riesigen Haus. Sie nehmen die unsichtbare Decke ab und sehen ein Haus, das von oben bis unten mit allerlei Spielsachen und Süßigkeiten gefüllt ist. Mit großen Augen starren sie lange auf die unglaubliche Szenerie.

Während sie still dastehen, taucht der Hausbesitzer Mr. Rico auf und beklagt sich lautstark über etwas. Schnell verschwinden die drei Freunde hinter einer großen Pflanze. Mr Rico brüllt: "Hey, Putzfrau, wo ist mein Gameboy?" Die Hausfrau antwortet: "Der sollte auf dem Schreibtisch liegen." Mr. Rico fragt weiter nach: "Ich sehe ihn nicht." Die Hausfrau versucht, ihn zu beruhigen: "Es tut mir leid. Ich werde"Es tut mir leid. Ich werde nach ihm suchen." Als die beiden den Raum verlassen, um nach dem Gameboy zu suchen,

kommen die drei Freunde aus ihrem Versteck hervor und sehen sich das ganze Haus an. Doch treffen sie dabei auf Mr. Rico. Sie sagen ihm, dass sie Gefallen an seiner Sammlung finden und bieten an, drei Spielsachen gegen einen Sombrero, Poncho und Tortillas zu tauschen. Der reiche Mann ist jedoch selbstsüchtig, habgierig und gemein. Er will, dass kein Kind auf der Welt auch nur eines seiner Spielzeuge besitzt. Stattdessen möchte er alle für sich selbst haben. Einfach so nimmt er den drei Freunden die angebotenen Dinge weg, ohne ihnen dafür Spielsachen anzubieten. Dann sperrt er sie in einen Wandschrank. Zum Glück bleibt ihnen noch Blanky Mylar. Unter der Decke versteckt und zusätzlich von der Dunkelheit getarnt verlassen sie den Wandschrank und nehmen auf ihrem Weg ihr Hab und Gut und so viele Spielsachen und Süßigkeiten mit, wie sie tragen können. Sie schleichen sich am Zaun und an den Wachen vorbei und gehen nach Hause, wo sie die Beute mit ihren Klassenkameraden teilen. Die gesamte Schulklasse freut sich darüber, die drei wiederzusehen.

Mit der Hilfe von Juans Blanky Mylar reisen die drei Freunde noch mehrmals zur Villa von Mr. Rico und bringen ihren 11 armen Freunden neue Spielsachen und Süßigkeiten mit. Sie finden, dass jemand, dem es so gut geht wie Mr. Rico, seine Spielsachen mit anderen teilen und den Armen in seinem Umfeld helfen sollte. Er allerding stiehlt den Armen sogar kleine Dinge und behält sie für sich selbst. Die drei Freunde mögen Fieslinge wie Mr. Rico kein bisschen und kämpfen weiterhin für die Armen und die Außenseiter. Einmal erkunden sie ein kleines Haus westlich der großen Villa. Überrascht stellen sie fest, dass dort Kinder wie sie festgehalten werden. Man schickt sie in Ausbeuterbetriebe in benachbarten Gebäuden, um für Mr. Rico Spielsachen und Süßigkeiten herzustellen. Nach einem langen Arbeitstag kehren sie in ihre kleinen, überfüllten Häuser zurück und bekommen nur eine kleine Mahlzeit, bevor sie ins Bett gehen. Sie müssen unter löchrigen Kissen und Decken auf dem Boden schlafen. Juan hat Mitleid mit diesen Kindern und möchte herausfinden, warum man sie hier festhält. Er erfährt, dass sie wie er von Mr. Ricos riesiger Villa erfahren haben, in der es nur so vor tollen Spielsachen und Süßigkeiten wimmelt.

Um einige davon mitnehmen zu können, wollten sie sich an dem Zaun, den Wachen und dem Hund vorbei schleichen. Doch wurden sie erwischt und in dieses Gefängnis gesperrt. Ihre Familien und Freunde haben nie erfahren, was mit ihnen passiert ist.

Juan erinnert sich daran, was ihm seine Mutter eingeprägt hat: "Sei nett und gehe mit gutem Beispiel voran." Er entschließt sich dazu, für diese eingesperrten Kinder Freiheit und Gerechtigkeit durchzusetzen. Gemeinsam mit seinen beiden Freunden und der unsichtbaren Blanky Mylar rettet er sie und bringt sie zurück zu ihrem Zuhause und ihren Familien. Jedes Kind aus Mr. Ricos Gefängnis wird gerettet und sicher zu seiner oder ihrer Familie zurückgebracht. Als Mr. Rico erfährt, dass die eingesperrten Kinder entkommen und seine Sammlung aus Spielsachen und Süßigkeiten verschwunden sind, kocht er vor Wut. Er kann kaum glauben, dass sich ein Kind wie Juan ihm so widersetzt und es mit ihm aufnimmt. Dank seiner heroischen Tat wird Juan schon bald gerühmt und mit dem Namen "Super Captain Mylar" ausgezeichnet". Er tritt weiterhin für das ein, was ihm seine Mutter beigebracht hat: "Sei nett und gehe mit einem guten Beispiel voran". Wo es den Menschen auch immer schlecht

geht oder sie misshandelt werden, behandelt sie Juan gut und bringt ihnen neue Hoffnung. Und all das mit der Hilfe seiner Blanky Mylar.

ÜBER DEN AUTOR: Meine Biographie

Mein Name ist Pastor Peter G. Vu und ich bin seit 20 Jahren ein Priester der Diözese von Grand Rapids in Michigan. Ich wurde in Saigon City (derzeit Ho Chi Minh City) in Vietnam geboren. Ich war noch ein kleines Kind, als der Vietnamkrieg ausbrach. Der Krieg war eine schreckliche Erfahrung, doch sein Ende ließ mich den Frieden wertschätzen. Aufwachsen musste ich unter einer kommunistischen Regierung. Daher erfuhr ich über ein Jahrzehnt lang viel Elend. Der Glaube und das Beten halfen mir und vielen meiner Landsleute über diese dunklen Zeiten hinweg. Daher rührt auch meine Liebe zum Gebet und zur Meditation. Außerdem konnte ich mich damals mit meinen buddhistischen Freunden über neue Ideen für Gebete und Meditationen austauschen. Wir verstanden uns sehr gut, obwohl wir anderen Religionen folgten.

Nach der Oberstufe floh ich in einem Boot und erreichte die USA, um meine Ausbildung zum Priester zu beginnen. In Amerika besuchte ich ein Jahr lang die High School (Union High School in Grand Rapids, Michigan), damit ich die Sprache und die neue Kultur kennenlernen konnte. Ich besuchte zwei Jahre lang das Aquinas College in Grand Rapids, Michigan, während ich im Priesterseminar von Christopher House gewohnt habe. Danach wurde ich vom Seminar aus dem Staat gesandt, um die letzten beiden College-Jahre an der University of St. Thomas in St. Paul, Minnesota, zu verbringen. Ich erhielt einen Abschluss in zwei Hauptfächern: Mathematik und Philosophie. Daraufhin besuchte ich 5 Jahre lang die Graduate School an der University of St. Mary of the Lake und das Mundelein Priesterseminar in Chicago, Illinois. Ich erhielt meinen Abschluss und bekam den Master Degree of Divinity (MDiv) und den Sacred Theology Baccalaureate (STB). Ich war ein Student des Priesters Robert Barron, des produktiven Autors und international bekannten Redners. In dem Priesterseminar belegte ich all seine Kurse und erhielt ausgezeichnete Noten. Barron richtete den Notenschlüssel für die Klasse an meinen Leistungen aus, doch hatte ich immer 98 bis 100 Punkte. Meine Klassenkameraden hassten mich dafür.

In den letzten 20 Jahren habe ich mich in sechs verschiedenen Kirchen um Gläubige gekümmert. Außerdem wurde ich in klinischer Seelsorge für Krankenhäuser und Pflegeheime ausgebildet und baute diese Fähigkeiten im General Hospital, Oxnard (Kalifornien), weiter aus. Ich bin seit fast 10 Jahren Kaplan im Grand Rapids Home für Veteranen. Mir liegt viel an meiner Tätigkeit als Seelsorger. Mich um die Kranken, Sterbenden, Gescheiterten, Verlorenen und um unsere Veteranen zu kümmern, ist eine Aufgabe, die mir wichtig ist und auf die ich mich jeden Tag freue. Auch nehme ich meine Aufgabe als spiritueller Ratgeber sehr ernst, mir die Probleme anderer anzuhören und ihnen mit Rat und Tat beiseite zu stehen.